Gallina y huevo
Chicken and Egg

por/by: Dr. Joshua Lawrence Patel Deutsch
Ilustraciones por/illustrations by: Afzal Khan

Almuerzo
Lunch

Por/By: Dr. Joshua Lawrence Patel Deutsch
Ilustraciones por/illustrations by: Vikas Upadhyay

¡Apágalo!

por/by: **Dr. Joshua Lawrence Patel Deutsch**

Ilustraciones por
illustrations by:
Afzal Khan

TURN IT OFF!

JUGUEMOS PLAY

por/by:

Dr. Joshua Lawrence Patel Deutsch

Ilustraciones por/illustrations by:

Afzal Khan

Campo de Girasoles
Field of Sunflowers

Por/by:
Dr. Joshua Lawrence Patel Deutsch

Ilustraciones por/illustrations by:
StallionStudios88

Contando   Counting

Por/by: Dr. Joshua Lawrence Patel Deutsch
Ilustraciones por/Illustrations by: Afzal Khan

Inicialmente comencé a hacer libros sin palabras para ayudar a los padres que no saben leer. En mi comunidad en el Valle de Salinas, muchos padres nunca fueron a la escuela, lo que les dificulta leerles libros a sus hijos. También pensé que los libros sin palabras ayudarían a preservar las lenguas indígenas. Muchas de las lenguas indígenas de América nunca se escribieron y los libros sin palabras ayudan a los padres a transmitir estas lenguas a sus hijos. Sin embargo, pronto aprendí que los libros sin palabras también son excelentes para los padres que saben leer. A los niños les gustan los libros porque pueden participar en la narración de la historia. Les gusta que los padres estén decodificando las imágenes tal como son. También les gustan las variaciones en la forma en que el lector cuenta la historia. Al final, la preferencia de mis propios hijos por los libros sin palabras me inspiró a crear más historias como estas.
-Dr. Joshua Lawrence Patel Deutsch

I initially started making wordless books to help parents who can't read. In my community in the Salinas Valley, many parents never went to school, which makes it hard for them to read books to their children. I also thought that wordless books would help preserve indigenous languages. Many of the indigenous languages of the Americas were never written down, and wordless books help parents pass these languages on to their children. However, I soon learned that wordless books are also great for parents who know how to read. Children like the books because they can participate in the telling of the story. They like that the parent is decoding from the pictures just like they are. They also like the variations in how the reader tells the story. Ultimately, my own children's preference for wordless books inspired me to create more stories like these.

-Dr. Joshua Lawrence Patel Deutsch